「뿌리민족의 혼 대서사시」는 천부경(天符經) 간략 해설이라

「지혜의 어머니」는 삼일신고(三一神誥)라 할 수 있으며

「생활의 도」는 참전계경(參佺戒經)이라 할 수 있다.

# 뿌리민족의 혼 대서사시
# 지혜의 어머니
# 생활의 도

오경 지음

글모아출판

목차

# 뿌리민족의 혼(魂) 대서사시

# 뿌리민족의 혼(魂) 대서사시

대자연이 품어안아
천지음양 어우러진 땅

동서 2만리 남북 5만리 12연방국이었던
몸통의 젖줄
뿌리를 아는가.

길이는 3천리 둘레는 7천리
들이 30% 산이 70%

음양합의 0의 수로 이루어진
그곳이 바로

천자천손 살아가는
해 돋는 땅
삼천리금수강산 아니던가.

태평양에서 치솟은 백두의 용맥(龍脈), 용천(湧泉) 지리(智異)에서 발원

하여
단전(丹田) 태백(太白)을 회유하고, 백회(百會) 백두(白頭)에 이르나니

뿌리에서 치켜세운 용머리
몸통에서 가지로 승천할 기세라

한라(漢拏)의 백록(白鹿)과 백두(白頭)의 천지(天池) 천기(天氣)로 통하고
지리(智異)와 태백(太白)과 백두(白頭)는 지기(地氣)로 통하나니

압록강 두만강 송하강 삼파수의 발원지 백두산은 인류의 영산(靈山)이 아닐 수 없고
남한강 오십천 낙동강 삼파수의 발원지 태백산은 민족의 영산(靈山)이 아닐 수 없다.

여기에서 태어난 나는 누구인가.

하늘이 기르시고
땅이 날 낳으시니
지금 여기에 있다.

인류시원 뿌리는
하늘민족이라

해 지는 서쪽 가지에서

해 중천에 뜬 중쪽 몸통을 거쳐
해 돋는 동쪽 뿌리에 들어와

하늘(天)의 근본 도(道)와
땅(地)의 양식 덕(德)으로
인(人)은 살아가야 했었다.

자연의 섭리(攝理)나
세상의 순리(順理)나
생활의 이치(理致)나
인간의 도리(道理)나
삶의 가치(價値)나

음양화합 근본으로 자리하매 있어
뿌리가 해야 할 일은

하나 되는 인생량(人生量)은 사람답게 사는 차원이라
선천적 이기의 육생량(肉生量)을 토대로
후천적 이타의 정신량(精神量)을 마련하는 일이다.

뿌리의 근본
몸통 가지를 위한 것에 있음으로

하늘에서 내리는 음의 기운에 감사의 축원 올리며

땅에서 타오르는 양의 기운에 행복을 발원하였을 따름이지
요행을 위해 무릎 꿇고 머리까지 조아리지 않았다.

운(運)
자신이 부린다는 것은

명(命)
나하기 나름에 달리 나타나기 때문이라

생사여탈(生死與奪)
스스로 관조하는 것에 있어

다하지 못한 아쉬움 상생을 위해 발현하고
채우지 못한 이기심 사랑을 위해 발산하니

채워주고 채워나갈 때 실현되는 행복

이로움이 절로 묻어나는 뿌리의 질량은 힘의 가지 질량을 상쇄시키므로
뿌리의 혼이 몸통의 혼이자 가지의 혼이 아닐 수 없다.

그래서
모두 사랑하고 다 원하는
온새미로 민족이라 (온새미로: 언제나 변함없는)

하나린 누리보듬으로 살아오지 않았겠나 (하나린: 하늘에서 어질게 살기를 바람)
(누리보듬: 세상의 중심으로)

안다미로 여낙낙하니 (안다미로: 담은 것이 그릇에 넘치도록 많이)
종요롭지 않을 수 없어 (여낙낙: 성품이 곱고 부드러우며 상냥하다)
(종요롭다: 없어서는 안 될 정도로 매우 긴요하다)
해가 중천에 뜬 몸통에서
다민족(多民族)을 아우르며 살아갈 수 있었다.

뿌리는 운용의 주체라
가온을 잃지 않아 (가온: 중심)
라온누리가 가능했던 것인데 (라온누리: 즐거운 세상)

어느 사인가
인생살이 운용의 줏대가 숙지더니
육생살이 활동의 주체가 되어가고 있었다.

음의 기운 주체가 지혜를 잃으면
양의 기운 주체 지식에 주눅들 터

인생살이 민족이 육생의 힘으론
중심 잡이 노릇은 어림도 없어

선떡부스러기로 사는 이유도 (선떡부스러기: 어중이떠중이가 모인 실속 없는 무리)
시나브로 지혜를 잃어버려서라 (시나브로: 모르는 사이에 조금씩)

나르샤는 고사하고 허정개비 아니 되겠나. (나르샤: 날아오르다)

(허정개비: 겉보기와는 달리 속이 옹골차지 못한 이)

초아의 민족이었건만 (초아: 자신을 태워서 세상을 빛나게 하다)

소양배양 하는 꼴이 (소양배양: 아직 어려서 날뛰기만 하고)

아귀찬 행위는 오간대 없고 (아귀차다: 뜻이 굳고 하는 일이 야무지다)

설멍한 딸깍발이 선웃음 짓더니만 (설멍하다: 옷이 몸에 짧아 어울리지 않다)

(딸깍발이: 가난한 선비)

결국 몸통에서

더 이상 물러날 수 없다고 고조선(古朝鮮)을 건국하기에 이르렀다.

홍익인간 이화세계

세상을 이롭게 살아온 민족만이

감히

내 걸 수 있는 이념이다.

육생량에 묻혀 싸도둑으로 살아왔으니

(싸도둑: 조상의 성질과 모습을 닮지 않고 남을 닮아가는)

고빗사위 인줄 모르고 야비다리 피우다가 (고빗사위: 중요한 고비 가운데서도 가장 아슬아슬한 순간), (야비다리: 보잘 것 없는 게 가장 만족한 듯 부리는 교만)

민족분열로 언걸은 시간문제라 (언걸: 남 때문에 당하는 괴로움이나 해)

하늘의 숙원은커녕

단일민족은 고사하고 민족의 혼 알 리가 있나

뿌리, 하늘의 법도가 정차한 천도(天道) 역(驛)이고
몸통, 뿌리와 가지의 기운이 교차하는 지도(地道) 역(驛)이며
가지, 물질의 법도가 정차한 인도(人道) 역(驛)으로서

천·지·인, 세 개의 차원으로 나뉘어 불리는 이름이 세상이라
뿌리·몸통·가지에 따른 나무 순환법도
하나 되어 살아가기 위해 주어진 방편으로

천도의 역 반도뿌리는
지도의 역 대륙몸통과
인도의 역 해양가지를 아우르는 교두보로서
삼천리금수강산 만민을 위해 자리하고 있다.

해 돋는 뿌리에 가까울수록 도덕적 양심에 가치를 두었고
해 중천에 뜬 몸통에 가까울수록 도덕과 윤리가 교차하는 것은
해 지는 가지에 가까울수록 사회적 윤리에 가치를 두었기 때문이니

천·지·인 삼위일체 삼신사상은 뿌리에서
불·법·승 삼위일체 삼신사상은 몸통에서
성부·성자·성신 삼위일체 삼신사상은 가지에서 비롯되었다.

생장수장을 위한 춘하추동 사계가 분명하니 뿌리요

후천 인생을 위한 선천 육생의 사주 뚜렷하니 뿌리민족이라

거룩한 한라백록(白鹿)은 고결한 지리천왕(天王)과 존엄한 태백천제(天祭)에 흡의(翕意) 하여 성스러운 백두천지(天池)에 이르나니

천(天)의 양식 인생량과
지(地)의 양식 정신량과
인(人)의 양식 육생량을 알기에

치우치면 아니 되는
백의민족 동방예의지국이었다.

언제부터인가
듬쑥한 이들이 (듬쑥하다: 사람의 됨됨이가 가볍지 아니하여 속이 깊고 차다)
그느르는 뿌리의 혼을 잊고 (그느르다: 돌보아 보살펴주다)

답치기 짝자궁이 왜장쳐대니 (답치기: 되는대로 함부로 덤비다)
(짝자궁이: 서로 다투는 일), (왜장치다: 누구인지 밝히지 아니하고 헛되이 큰 소리로 마구 떠들다)
혼이 담긴 뿌리의 향방을 알 리가 있나.

보람이 끝내 묻힌 은사죽음이 당연한 귀결이라 할지라도
(은사죽음: 마땅히 드러나야 할 일인데 나타나지 않고 마는 일)
열국(列國)과 사국(四國)은 고사하고
삼국(三國)의 가라사니만이라도 잡아야 했었다.
(가라사니: 사물을 가리어 판단할 만한 지각)

궁극은 천의 뿌리로
과정은 지의 몸통으로
방편은 인의 가지에 배여 있어

변화무쌍한 삼라만상 3차원 3·3·3 리듬 속에
육의 생명체 물 번식 하듯
몸통·가지 이기의 사랑은 언제나 뿌리 이타의 행복을 지향해 왔다.

보이는 육생량 채워도 채울 수 없는 아쉬운 개척의 질량이고
보이지 않는 정신량은 이로운 창출의 질량이라

삼원화의 삼국시대는
삼각관계 미스터리를 풀기 위해 주어진 시간이었으나

잃어버린 뿌리의 근본
몸통 논리에 의지 해 온 터라 (밀절미: 기초가 되는 본바탕)
밀절미 잃고 우두망찰하는 운용주체
(우두망찰하다: 갑자기 닥친 일에 어찌할 바를 몰라 정신이 얼떨떨한 상태)
활동주체 눈치 아니 볼 수 있었겠나.

남북국시대 적대보완적으로 갈마드는 이원화 의미를 찾지 못하고
(갈마들다: 서로 대신하여 번갈아 들다)
트레바리 척만 일삼다 (트레바리: 이유 없이 남의 말에 반대하기를 좋아하는 이를 얕잡는 소리)
면치 못하는 맷가마리 신세 (맷가마리: 매 맞아 마땅한 사람)

내 앞의 인연은 나하기 나름이라는 작용반작용의 법칙 상대성 원리를
일깨우고자 일어나는 일이라는 생각을 어찌 해보았겠는가.

이처럼
이원화의 상대성은 일원화의 절대성을 위한 과정으로

단일민족국가 고려
일천여년 만에 이룬 쾌거라지만

두만강과 압록강 연계하는 만주는 밑동이라
뿌리에 종속이 되어야 하는데 몸통에 예속되고 말았으니
육생논리에 묻혀 살아야 했다.

온새미로 민족에게 (온새미로: 가르거나 쪼개지 않고 생긴 그대로)
화합의 자양분 지혜를 주었건만

육생량만 취(取)하려 들었으니
드러나는 건 보드기라 (보드기: 크게 자라지 못한 나무)

하늘이 통탄하고 땅이 울부짖었다.

비겁하게시리
운용주체 인생살이 민족이
활동주체 육생살이 민족에게 숨죽이며 살아야 했던 것도

본연을 잊은 대가라

인고의 역사
이유나 알고 있을까.

혈연, 지연, 학연의 폐해로
운용주체와 활동주체 관계가 어지럽혀지자

물질에 중독되고
권력에 취(醉)해 버린
나는 누구인가?

너의 본성을 존중치 못한다면
너의 가치를 인정치 못한다면

내 뜻대로 되는 일은 없다 하겠으니
그 무엇에도 이로울 게 없다.

너의 다양성을 인정하는 행위가
나의 아쉬움을 채우려는 사랑에 있듯

이로운 내가 있어
아쉬운 네가 찾는 법이라

천륜(天倫)은 고사하고
지륜(地倫)도 고사하고
인륜(人倫)의 고귀함만 깨달으면 너의 손 부여잡고 나갈 텐데

선웃음에 녹아들길 바랐으니
단절이 아니 되겠나.

하나 되기 위해
걸어서 한양가도 충분하다 싶던 어느 날

급행열차도 모자라
바람처럼 KTX로 다녀야 하는 시대를 맞이했다.

초고속 인터넷 거미줄처럼 처진 이유가 있을 터인데
아는 이가 있기라도 하는 것일까.

물질에 정신을 부가시켜야 하는데도
물질에 물질만을 부가시키니

반거들충이로 애바리 개사망 이바구나 떨다가 (반거들충이: 무엇을 배우다가 중도에 그만두어 다 이루지 못한 이), (애바리: 영리에 덤비는 이), (개사망: 남이 뜻밖에 이득을 보거나 재수가 좋음을 욕하는 말), (이바구: 이야기)

가라사니 어지럽혀지니 떠세를 부릴 수밖에 (가라사니: 사물을 판단할 수 있는 지각이나 실마리), (떠세: 돈이나 권력 따위를 내세워 잘난 체하며 억지 부리다)

해서

꿇다의 운용을 바로 할 수 있었겠느냐는 것이다.

(꿇다: 잘잘못을 가려서 평가하다)

자닝했던 고려 오백년 (자닝하다: 애처롭고 불쌍하여 차마 보기 어렵다)

애잔한 조선의 햇살이 트기 전에

도스르고 타울거려야 (도스르다: 무슨 일을 하려고 별러서 마음을 가다듬다)

(타울거리다: 뜻한 바를 이루려고 애쓰다)

뿌리의 혼이라도 찾아보려 했을 터인데

잘려나간 밑동만큼이나

정신량을 채우지 못한 건국이라

이르잡고 은결들은 세월이었다. (이르잡다: 없는 일을 만들어 말썽을 일으키다)

(은결들다: 원통할 일로 남모를 속을 썩다)

뿌리에서 뿌리민족이 살아가는 건

가지에서 몸통을 거쳐 내려왔기 때문이라

하나로 공조하는 일은 뿌리의 소명으로

인생제국의 영토는

보여 지는 면으로 활동주체 육생제국 방대한 영토에 비해

작은 반도에 불과하나

신성으로 가득 찰 때

운용주체의 정신량은 온 세상 덮고도 남음이라

우월과 열등을 잠재우면
카르마보다
자유의지로 유무상통 할 터

어떻게
음양화합 안 일어날 수 있고
신인합의 안 일어날 수 있겠는가.

춘하추동(春夏秋冬)과 생로병사(生老病死)가
소통과 화합의 방편으로 자리하매 있어

생장수장(生長收藏)과 생로수사(生老收死)는
천지기운 가만히 계시사 인(人)이 동(動)할 때 가능하다 하겠으니

시대정신
운용주체의 정신량을 활동주체 육생량에 부가시켜 나가는 얼에 있다.

선천적 육육(肉肉)시대
육(肉)에 육생량(肉生量)을 더해가는 나를 위한 육생살이 육생(肉生)
시대이고

후천적 육육육(肉肉育)시대
인(人)의 정신량을 육성(育成)시켜 나갈 너를 위한 인생살이 인생(人生)
시대로서

개벽(開闢)의 상황은
정법(正法)의 실체라

뇌성이 일고 땅이 갈라져
자연이 붕괴되어지는 데 있지 않다.

물질 육(肉)에 육(肉)을 더한 육생(肉生)시대에서
인(人)이 육성(育成)한 정신량을 부가시킨 인생(人生)시대는

거룩하고 위대하고 찬란하여
하늘은 스스로 돕는 자를 돕는 업그레이드 육육육 시대다.

민족의 혼 되살려야 할 조선(朝鮮)
육육 시대 고려(高麗)를 바탕으로
육육육 시대의 초석이 되어야 했었다.

제국은 하나의 민족만으론 가당치 않아
다양한 체제가 응집해야 했던 것이라
방안도 응당 뿌리의 몫이 아닌가.

인생의 대안 없이
육생에 머문 단일제국의 운명은 길어야 오백년 안팎이라

붕당(朋黨)의 진정성을 모른 대가가

이웃과 사회와 국가를 후안무치라고 떠드는 일이었으니

절대성을 위한 상대성조차 네 탓으로 일관하다
내 뜻 받아 주지 않는다고 아우성이라

사통팔달
조선 팔도 의미를 몰라

이념대립과 지역갈등으로
사분오열 시켜 왔다.

삶의 다양한 조각 달란트
사주와의 연관성을 보고자 했다면

조화만발의 세상이라
큰 눈 토끼
뿔 달린 사슴을 보는 시선 얄궂진 않을 터인데

너를 위한 이타
마음의 지혜를 저버렸으니

나를 위한 이기
생각의 지식으로 가득 찰 수밖에 없다.

지혜의 보고 뿌리는 하드(hard)요
지식의 산물 몸통 가지는 소프트(soft)라

혼돈의 주범
복지부동 무사안일주의로

운용주체 하드가
업데이트 시키려 들고

활동주체 소프트가
업그레이드 운운하니

눈 뜨고 코 베이는 세상 아니 될 수밖에 없지 않은가.

이보다 더 큰 문제는
소 잃은 외양간을 보면서도

이웃을 탓하고
사회를 탓하고
국가를 탓하는 일이다.

님 그리며 입어야 했던
절명(絶命)의 수의(壽衣) 일제 강점기, 스스로 잘라버린 상투와 강제
창씨개명

수채통에 빠진 세월마저도 품고 가야할 엄연한 역사 아닌가.

몸통 대륙과는 순망치한(脣亡齒寒)이고
두둑 열도와는 남귤북지(南橘北枳)라

운용주체가 갈 길을 잃으면
활동주체가 닦달하기 마련이다.

천지인 불법승 성부성자성신 하나이듯
정신기 원방각 지덕체도 하나이니

삼각관계
너와 나를 우리로 연결 짓기 위한 구도로서
부패를 털어내고자 내리친 회초리가 강점기였다는 사실을 받아드릴 수 있겠는가.

뿌리
그 거룩함을 알면

몸통 가지와의
삼위일체 위대함을 알 터인데

끝내 입어야 했던 절멸(絶滅)의 수의 동족상잔 6.25로 새날을 파종하자

개척세대 기계식의 뼈골로
창출세대 아날로그가 성장할 수 있었다.

널리 세상을 이롭게 하고자

남북(南北)은 중심잡이 질량으로서
해양 민주세력과 대륙 공산세력이 자리하였고

화합위한 합의하는 그날까지

동서(東西)는 생장수장 질량이므로
지역갈등은 필연이라

악화될 때마다 오열하며 정의를 부르짖었던
새날의 씨앗 베이비부머
그들은 누구인가.

젊은 날
격동과 낭만이 한 폭의 수채화로 물들일 무렵

음의 기운 뿌리에
양의 기운 가지의 물질이 서서히 차오르고 있었다.

미래의 꽃 에코부머

개척과 창출의 질량으로 살아가야 하는
소비 세대인지라

운용주체 아날로그 베이비부머 하기 나름에 따라
활동주체 디지털 에코부머 향방이 달리 나타난다.

상호소통
들고나는 중심 바로잡을 때 빛나듯

육생량 섭취는 나를 위한 것에 있고
정신량 청취는 너를 위한 것에 있으니

선순환(先循環)의 상호상생
먼저 주고 후에 받을 때 이루어지는 것처럼

내가 만들어 나가는 업그레이드 시대
찾아오는 인연을 위해 살아가야 하는 인생 시대다.

개척1세대 뼈골로 성장한 창출2세대
물려받은 대로 살아가는 에코3세대

육생물질 개척이나
인생질량 창출을 위한 세대가 아니다

물질에 부가된 정신량을
실어 날아야 하는 소비 세대라
한류열풍 몰아치는 데

이를 위해
강점기와 동족상잔도 치렀다.

개척세대 육생량 소임에 임할 때
창출세대 정신량 소명을 받들어야 했으나

육 건사 안위에 놀아나는 바람에

육생본능 생각과
인생분별 마음을 변별치 못해 혼란을 빚었다.

뿌리가 쏠리면 몸통도 쏠리고
흥하면 함께 흥하는 법이라

닥쳐올 재난
불 보듯 빤히 쳐다볼 두둑이지 않다.

뿌리 몸통 두둑으로 이어지는 동북아 삼국의 정세가 깊어질수록
가지의 눈치를 살펴야 하는 실정이라

몸통 가지 그 중심에 서기 위해서라도
몸통 두둑 그 핵심이 되어야 하는 바라

새날의 씨앗으로
미래의 꽃을 피워야 했기에

해 돋는 땅 뿌리로
해 지는 땅 가지의 육생량이 물밀 듯 들어왔다.

육생살이 본능의 지식으로
물질문명을 개척해 온 가지

인생살이 분별의 지혜로
정신량을 창출해야 하는 뿌리

육생량이 마련되지 않고선 어림없는 일이나
정신량 없는 세상은 피의 온상이다.

어린 시절
나를 위해 살아가야 하는 육생 시절이요

성인 시절
너를 위해 살아가야 하는 인생 시절이라

아동기는 어머니의 품속에서
청년기는 아버지의 품속에서
성년기는 반려자의 품속에서

약관(弱冠)이 되서야
사랑의 발원지를 바로 볼 터

행복
가정에서 비롯되어
사회와 국가로 울려 퍼지므로

어느 곳이든지
거침없이 활동하는 남편 뒤엔
운용주체 부인이 우뚝 서 있기 마련이다.

내려놓는다고
너를 위한 삶이 될 수 있다면

벗어던진다고
너를 위한 삶이 될 수 있다면

어렵지도
힘들지도
고통스럽지도 않으리라.

아니 되어 못하는 것인데
안 해서 못하는 것 마냥 일갈하면
누구 위한 강변일까.

너를 위해 사는 건
나의 아쉬움을 채우고자 함이고

나를 위해 사는 건
너의 이로움을 채우고자 함이라

거듭나야 할 시기가
육생물질문명이 차오르는 시점이라

육생의 인프라 가지에서 구축하여
인생의 인프라 정신량을 첨가코자
뿌리를 깨웠고

아날로그 창출세대
기성세대 즈음에 몸통을 깨웠다.

하지만 거기까지인가

육생량을 정신량으로 오인하여
쏠림이 심화되자

3포 5포 7포의 불명예를 안았다.

자연이 아름다운 건
제 할 일을 하고 있어서라

인생사 고달픈 건
육생량에 머물러 있어서라

그나마
못다 한 짓 하려 든다면

사는 게 고뇌라
되 뇌이지 않을 터인데

신기원을 수립해야 할 세대가
먹고 살기위해 남 탓이나 해대며 수구세력 성토나 하려 드니
하나 되지 못한 근본 알 턱 없고

활동주체가 운용주체를 주도할 수 없는 것인데
육생량이 정신량을 이끌지 못한다는 사실을 알리 있겠는가.

대화합은
육생논리를 인생진리로 승화시킬 때 가능한 법이라

윤리강령 도(道)와
행동강령 덕(德)을 실행하고자

동방의 해 오를 때
구세주들이 대거 몰려 왔건만

쩔뚝발이 세월에 묻혀 그러나

되레
구원이나 바라고 있으니
한 치의 앞도 내다보지 못하고 있다.

고작
육생살이 인프라 구축하고
통일조국 운운하는 걸 보아

뿌리의 부활이
가지 몸통 화합에 있다는 사실을 모르는 바와도 같아

고려·조선 1천년 단일민족국가
강점기 수의로 갈아입어야 했던 비참함을 모르면

저버린 민족혼 되찾을 때까지
육생량만으로 화합은 가당치 않다.

인생살이 인프라 구축이야말로
적대보완적 모순을 바로 볼 때 가능하므로

화합을 위한
합의 대안마련을 위해

뿌리 대한은 남북으로
가지권 독일은 동서로
몸통권 베트남은 남북으로
때를 같이하여 갈라놓았다.

우연으로 치부하다
하나 되기 갈망하던 3·4각의 피라미드
영원한 수수께끼로 남을 터

천(天)은 뿌리이자 머리이고
지(地)는 순환의 몸통이며
인(人)은 가지이자 다리로서 나눠진 세계를

적대보완적 이원화차원 인생 방정식에서 답을 찾지 못하면
힘의 논리 육생살이에서 이내 지고 말 것이라

운용의 주체 뿌리가
활동의 주체 몸통 가지를 위한 일은

그 중심에 서는 일로서

해야 할 일은
사방팔방 막혀버린 뿌리의 장벽부터 허무는 일이다.

동서 지역감정의 선을 지워나가면
남북 이념장벽은 스스로 무너지리니

이원화차원 육생질량
일원화차원 인생질량 지향하여
음양화합 업그레이드 시대를 맞이하였다.

분단으로 점철된 모순의 역사

개벽세대 에코부머에게
숨김없이 보여줘야 하는 시대극인지라

몸통 베트남 힘의 피로 하나 되었고
가지 독일 육생량으로 흡수통일 하였지만
양의 기운 육생살이 활동주체라 육생량만으로 얼마든지 가능하다.

뿌리의 분단
운용주체 인생량을 상실하고 쌓인 장벽이라
음의 기운 정신량 없는 양의 기운 육생량만으론 어림없다.

음양합의 0의 수
본연의 삶을 살아갈 때 이루어지므로

위대하고 거룩한 민족의 혼 지피려 한다면
아날로그 시대의 중심
새날의 씨앗 베이비부머가 깨어나야 한다.

낭만
자연을 빼닮은 세대만이 담을 수 있는 서정시라

젊은 날의 방황
아름다운 미래의 꽃을 피우기 위해 가슴속에 움튼 새날의 씨앗 때문이고 보면

뿌리의 미래가
몸통의 희망이요
가지의 꿈이 아니겠는가.

거듭나는 시대의 시발주자
활동주체를 위한 운용주체 세대는

아쉬운 육생량을 주도할
이로운 정신량의 본질을 알아야 하기에

모름지기
여성들이 운용주체로 자리한 것도 육생량 촉구를 위한 것이기 보다
활동주체 남성들을 위한 운용주체 정신량 마련을 위한 것에 있다.

내 앞의 인연이 내 모습이라 하듯
본분을 저버릴 때 무너지는 자화상
회초리라 생각이나 하겠는가.

유사 이래
창출세대 새날의 씨앗 여인들의 기운이 으뜸이라

뿌리에
양의 기운 차오를 무렵

운용주체 정신량의 여망을 저버리고
육생량 활동주체를 열망한 나머지

활동주체 행보가 뒤틀리어
풍요속의 빈곤 시대를 맞이하였다.

버는 법만 가르쳐온 육생살이 육생 시대는
이기와 이기가 만나 사랑하는 시대였었고

쓰는 법을 가르치는 인생살이 인생 시대는

이로움이 아쉬움의 손을 잡고 나가는 행복의 시대로

버는 것은 선천적으로 주어진 질량을 개척하는 행위요
쓰는 것은 후천적으로 만들어 나가는 창출 행위라

벌기만 하면 양양(陽陽)이 상충(相沖)칠 것이고
쓰기만 하면 음음(陰陰)이 상극(相剋)할 것이다.

음양화합
들고나고 주고받는 일에 있다하겠으니

상극상충
이를 다하지 못할 때 치르는 표적이다.

일상에서
음양근본에 따른 소통과 화합의 원리를 바로 볼 수 있다면

음의 본질을 평가절하 한 양성평등보다
여성 상위의 거룩함을 알 터

이로운 정신량이 아쉬운 육생량을 닮으려 할수록
기복과 맘몬과 배금의 기세는 더 당당해진다.

조화의 시대

결과물이 불신조장이라면

상대적 빈곤에 따른 적대적 공존의 중심에 서지 못하는 이상 터울거려
봤자 소용없다.
닐리리 맘보
달콤한 육생물질문명의 함정을 알리는 징조였는데도
육 건사 행위가 전부인지라

불안과 불만으로 모순이 양산되어
IMF로 피폐해졌으니

앞앞이 갑갑하고 구석구석 눈물만 흘리다가

재차
운용주체 지휘권마저 박탈당할 지경에 까지 이르렀다.

난국이야 자초한 일이더라도
환난상휼(患難相恤) 정신까지 말라 버렸다면 어찌된 노릇인가.

뿌리민족은 천자천손 하늘민족이라

개중에 베이비 붐 세대는
개벽의 싹을 틔워야 하는 새날의 씨앗으로
운용주체 중에서 운용주체인지라

때는 때대로 간다고
입버릇처럼 내 뱉고 살아온 세대답게
내 앞의 인연은 나하기 나름이라는 사실을 잘 안다.

대륙과 해양 세력 사이에서 받아야 했던 천여 번의 외침
획일적으로 평가한다면

내가 만들어 나가는 업그레이드 후천시대를 펼쳐나가질 못할 것이나
역사는 후대가 결정짓는 것이므로

해야 할 일은
육생의 인간으로 태어나 인생의 사람으로 승화되어
사람들과 사람답게 살아가는 정신량 마련에 이바지하는 일이다.

아쉬운 육생시대의 고통은
대의와 광명을 위한 표적으로

이로운 인생시대를 위한
뿌리의 정기를 되살려야 하는 데 있으니

태양이 몸통에 작열할 즈음
천지기운 뿌리에 머물 때이므로

민족재건 인류구원

동방의 횃불을 지펴야 할 것이라

이제는
깨어나야 하지 않겠는가.

뿌리민족이여!

오경(五鏡)

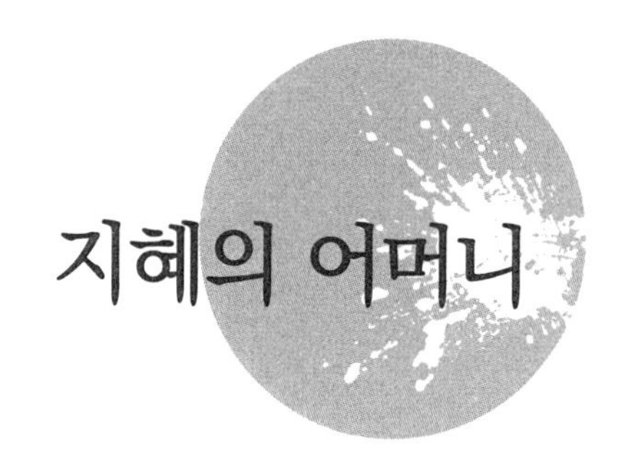

# 지혜의 어머니

# 지혜의 어머니

대자연이 품어안아
천지음양 어우러진 땅

동살이 넘실대자
천자천손 신성한 숨소리 울려온다.

천상의 절대적 가르침을 위해
지상의 모든 일 상대성으로 일어나는 사실을 일깨우고자

해 지는 곳에서
해 중천에 비추는 곳을 거쳐
해 뜨는 곳으로 들어왔다.

구도의 여정
그느르며 살아온 위대한 역사에는 (그느르다: 보호하여 보살펴 주다)

운용주체 지어미의 거룩함으로
활동주체 지아비가 웅비하고 있었다.

마지막 삶을 불태우기 위한
배달(倍達)의 부푼 가슴

거친 숨결 속에
인류의 숙원 배여 있나니

의기투합
아쉬워 만나
이로울 때 하듯

합의는 화합을 위해
사랑은 행복을 위해
하는 것이므로

네 아쉬움이 채워질 때
내 이로움도 채워지는 법이다.

가라사니 (가라사니: 사물을 판단할 수 있는 지각이나 실마리)
천기(天氣)는 하늘을 공경하는 운용주체 음의 질량으로
지기(地氣)는 만물을 사랑하는 활동주체 양의 질량으로
인기(人氣)는 인간세상 이롭게 하는 합의 질량으로 자리하고 있으매
그중에
대륙과 해양을 마주보는 반도
천지기운 머금어 으뜸이라

태평양에서 치솟은 용머리
지리 천왕을 거쳐 태백 천제에 흡의(翕意)하고 백두 천지에 이르러 만주 벌판 휘감아 도는 곳에서 태어난 나는 누구인가.

하늘의 희망인지라
지상의 보배가 아니겠는가.

지상의 꿈인지라
인류의 미래가 아니겠는가.

인류의 시원 모여 사는
해 돋이 반도는
지상의 뿌리로서

지어미의 거룩함으로
지아비의 위대함을 일구어내는
음양이 공존하는 희망의 땅 아니었던가.

삼천리금수강산
고운 미소 품은 그대는 또 누구인가.

새녘 땅의 지어미라 (새녘: 동쪽방면)
숭고한 인류의 지어미라

뿌리의 염원 고이 간직한 지혜의 화신 관음들이 아니신가.

허허!
어찌하면 좋을 거나
어찌하면 좋을 거나

사날이나 해대니 지혜를 저버렸고 (사날: 거리낌이 없이 제멋대로 하는 태도나 성미)
애어화안 사라지니 허연댕이 아니 됐나. (애어화안: 사랑스러운 말, 온화한 얼굴 빛)
(허연댕이: 지체가 높은 집의 부인을 낮잡아 일컫는 말)
가납사니 지어미에 자의누리 무너지자 (가납사니: 쓸데없는 말을 지껄이기 좋아하는 수다스러운 사람. 말다툼을 잘하는 사람), (자의누리: 중심세계)
절규에 찬 비겁한 역사만이 자리하지 않았겠나.

허나,
그런 그대들이 뉘신가
존엄한 천손의 지어미 관음들이 아니신가.

지혜의 어머니 가슴 깊은 곳에
치욕과 수치를 도와 덕으로 승화시킬 뿌리의 혼 담겨있어

핏빛으로 물 드린 한 맺힌 역사와
치욕스런 노롯바치 놀음과 수치스런 대갈마치도 (노롯바치: 광대)
(대갈마치: 온갖 어려움을 겪은, 아주 야무진 이)
여인의 고운 숨결 앞에 어찌 자랑스럽다 하지 않겠나.

이러한 사실을 그대들은 알고계신가.
운용주체의 손길을 기다리는 활동주체의 간절함을,

이러한 사실을 그대들은 알고계신가.
지아비의 슬픔이 지어미의 눈물이라는 사실을,

이러한 사실을 그대들은 알고계신가.
님이 있어 다시 시작 할 수 있었던 것이라고…

오경(五鏡)

# 생활의 도(道)

# 생활의 도(道)

어진 삶의 근본
인의사상(仁義思想)
행위가 어질(仁) 때 옳(義)은 결과 낳는다고 공자는 말하였다.

도(道)를 도(道)라고 말할 수 있다면 이미 도(道)가 아니라는
도가도비상도(道可道非常道)
본래 그대로가 무위자연(無爲自然)이라 노자는 말하였다.

장자가 꿈에 나비가 되었다는
호접지몽(胡蝶之夢)
자연과 나는 하나라는 무위자연(無爲自然)을 장자도 말하였다.

그러자
인간의 본성은 본래 선하다는 맹자의 성선설(性善說)과
인간의 본성은 본디 악하다는 순자의 성악설(性惡說)이 나돌았고

고자가 이를 가려내는 듯 선악은 없고 성욕과 식욕만이 타고난 본성이라는 성무선악설(性無善惡說)을 논하였다.

섭리(攝理)와 도리(道理)
순리(順理)와 이치(理致)
사상(思想)과 이념(理念)
상호상생(相互相生)을 지향하듯

우주(宇宙) 그 자연(自然)의 법칙에 따라
사회(社會)를 구성해 나가는 인간(人間)들도
하나 되고자
음양에 따른 화합을 추구하고자 하는 데 있어

주어진 선천적 육생량(肉生量)은 육(肉) 건사 차원이라
힘으로 나 밖에 모르는 아쉬운 삶을 살아갈 수밖에 없었고

그 위에 만들어 나가는 후천의 정신량(精神量)은
덕으로 하나 되어 살아가는 이로운 차원이므로
너를 위한 것에 있다.

천라신(天羅神)
지라신(地羅神)
인(人)이라 라니신

천지인(天地人)
세 개의 차원으로 나뉘어 불리는 이름이 세상이라

도(道)로서 나아갈 바를 밝히고
덕(德)으로 그 행위를 다 해야 하매

나하기 나름에 달리 나타나는 인생방정식
작용반작용의 법칙 상대성원리가 생활 깊숙이 녹아들었다.

선천적 개척의 질량이 나를 위한 육생량이고
후천적 창출의 질량이 너를 위한 정신량이나

선후천(先後天) 모두
나하기 나름에 달리 나타나는 부분으로서
사랑을 한다하나 행복하지 못하면 뒤 돌아 볼 일이다.

양의 기운 지기(地氣) 육의 생명체 만물은
음의 기운 천기(天氣) 물 하기 나름이듯

육생량과 정신량을 통해 배양되는 인생량
모두 함께 살아가기 위한 것이라

입으로 흡입한 육생량으로 육 건사 시키고
눈으로 생장수장 사계의 변화 흡수하여
귀로 청취한 정신량으로 소통과 화합에 힘써야 한다.

그리하여

싸워서 그르게 전개시킨 치우친 사(邪)의 세상에서 상극상충 알게 되었고
어리석어 다르게 펼친 착한 선(善)의 세상에서 반쪽반생 알게 되었으며
치우치지 않을 때 열리는 바른 정(正)의 세상에서 상호상생 일으킨다는 사실도 알게 되었다.

살아가는 동안
뜻대로 되는 일이 얼마나 될까.

내 뜻대로 안 된다고 해서
내 셈법과 다르다고 해서
기분 나빠 배척하기보다

네게 이롭지 않으면 내게도 이롭지 않음이라
진정 내 뜻대로 행위가 이로웠는가 생각해 볼일이다.

내 뜻한바와 네 행위가 같을 수 없고
네 뜻을 받아주지 않으면 내 뜻대로 되는 일도 없을 것이라

싫어요 안돼요 손사래 치기보다
뜻한바 무엇인지 생각해 보기 위해서라도
그르고 다르게 살아가는 자신을 되돌아볼 일이다.

만남은 육생량을 통하여

소통은 정신량을 통하여
대화는 들어줌을 통하여

언어표현이 미숙할수록 우격다짐 힘으로 밀어붙이려 들고
발달할수록 더불어 살아가려 순리대로 처리하려 들 것이라

육생물질
소통과 화합으로 이루기보다 불화와 불통에서 이루었다.

내 욕심에서 기인한 문명인지라
이기의 물질은 이타의 정신을 지향하매

육생 넘어 인생이듯
생각 넘어 마음이요
지식 넘어 지혜인지라

너를 위한 정신량을 마련할 때까지
생각의 지식에서
육생살이 힘의 논리 끝없이 일으켰다.

나를 위한 행위가 상호상생 될 리 만무라
마음의 지혜로
덕으로 살아가는 인생살이 일으킬 때 아닌가.

육 건사 후에
사람답게 살고 싶어 하듯

육생분야
이기의 지식이 담당하여 부분적 활동주체 전문인을 육성하고

정신분야
이타의 지혜가 담당하여 전체를 아우르는 운용주체 지도자를 양성하니

육생살이 거쳐
인생살이 도달하게 되는 것이므로

육생시대 위해 자리해 왔던 신앙(信仰)
인생시대 종교(宗敎)로 거듭나야 할 때다.

이를 위해 해야 할 일은 무엇일까.

신에게 빌어 왔던 치우친 사(邪)의 사법(邪法) 시대에서
육생량에 정신량을 첨가한 인생량으로
바른 정(正)의 정법(正法) 시대를 만들어 나가
육생의 인간에서 인생의 사람으로 승화되기 위한 것에 있다.

과연
어려움은 어디에서 기인하는 것일까.

너를 위해 살아갈 때인데도 불구하고
나를 위해 살아가다 받는 깨침의 표적으로

맞이하는 자는 이로운 자요
찾아가는 자는 아쉬운 자라

채워주고 채우지 못한 때가 쌓여 폭발한 것이지
신이 미워하여 내리는 벌이 아니다.

인연은
고픈 곳을 채워주고
허한 곳을 채우고자
짓는 것이므로

내 앞의 인연 내 모습과 다르지 않아
초록은 동색이요 가재는 게 편이라 하지 않았겠나.

탓하지 마라
하면 할수록 분별이 흐트러져 엎친 데 덮친다.

집착하지 마라
나하기 나름에 따른 작용반작용 부메랑의 법칙에서 헤어나지 못한다.

관계는

이롭다 싶을 때 싹트고
싶지 않을 때 깨지기 마련이라

그때
내 욕심을 채웠다면 만족할 것이요
서로 주고받았다면 행복은 아람치라 (아람치: 자기 차지로 만들다)

불행
사랑받지 못해 찾아드는 것이 아니라
사랑하지 못해 찾아드는 것으로

사랑은
받을 때와 줄 때와 할 때가 있는 법이다.

받을 때는
환호하는 이들에게 보답 할 때이고

줄 때는
아쉬워 받았을 때이며

할 때는
아쉬움을 채워 줄 듯 싶은 이를 만났을 때 하게 되는 것이므로

사달은 보답하지 못해 나는 것이지

신나게 하는 것이 아니다.

좌절
기본 자리에 오를 때
사랑을 받을 때와 줄 때보다 할 때를 몰라 겪는 것이고

실패
기본 자리에서 하나 되어 살아가지 못할 때 겪게 되는 것으로
받을 때와 줄 때와 할 때를 안다하나 이롭게 쓸 줄 몰라 하게 되는 것으로

절대분별 인간과 절대본능 동물과의 차이는
영혼과 마음이 있고 없음이라
관조의 대상은 에고의 생각이지 에너지 차원의 마음이 아니다.

지식과 생각은 이기적 육생차원이요
지혜와 마음은 이타적 인생차원이라

버리고 비우고 단련해야 할 대상은 무엇일까.

마음을 비워보겠다고 가부좌 트는 이들이 적지 않은 마당에
정녕 마음 한 번 써보기나 했을까.

내 욕심과 네 욕심이 만나
득 보자고 한 일을 가지고 너를 위한 일이었다 말하니

도와주고 뺨 맞을 수밖에 없는 일이라

컴퓨터가 보편화 될 무렵
치우친 사(邪)와 착한 선(善)을 통해 드러나는 바른 정(正)을 위하여
물질에 정신을 부가시켜 나가야 했었다.

육생물질 개척시대
전쟁으로 점철된 힘의 논리 피의 역사 육생살이 선천시대로서
활동주체가 육 건사 육생량을 개척해 나가는 시대였었고

정신질량 창출시대
덕으로 힘의 논리를 종식시켜 하나 되어 살아가는 인생살이 후천시대로서
활동주체를 위한 운용주체의 덕목을 써내려가야 하는 시대다.

이로운 자와 아쉬운 자의 관계에서
각자도생 이기의 육생량은
하나 되어 살아가는 인생량 도약을 위해 벌어져왔듯

춥고 배고픈 이들에게 당장 필요한 것은 옷과 밥인 것처럼
이타의 정신량은 육생량을 구축하고 나서 가능하다 하겠으니

신앙적 도술(道術)에서 종교적 도법(道法)으로 승화도
화합의 정신량이 마련될 때 가능함으로 육생량의 모순을 바로 볼 때가

왔다.

누가 마련 해야 하는 것인가.

경(經)에 머물고
형상(形像)에 머문 나머지
도술이 도법을 대신하자 소명을 잃고 말았다.

유형(有形)의 육생량이든
무형(無形)의 정신량이든
도와주기 위해 찾는 인연 있을까

있다면
자기 명(名) 내고자 하는 일일 터

득이 되니
천리타향 마다않지

되지 않으면
핑계로 일관하다 등 돌려 살아가기 마련 아닌가.

찾아가는 자가 아쉬운 활동주체 을이요
맞이하는 자가 이로운 운용주체 갑이라

어떻게 할 것인가
어떻게 쓸 것인가

절대분별은 적대보완적이라

덕이 되고 득이 되면 상호상생이요
무덕 하고 무득 하면 반쪽반생이고
해 하면 독 되니 상극상충이라

선순환(先循環)을 무시하면
세 치 혀로 자신의 목을 베는 형국을 빚는다.

자유인
그 누구와도 거침없이 소통하는 자를 가리키는 말이자

자연인
그 누구와도 어울려 살아가는 자를 가리키는 말이지

깊은 산중
홀로 사는 이들을 가리키는 말이 아니다.

자기만족을 위해 사는 일이 육생이고
모두행복을 위해 사는 일이 인생이라

하나 되고자
합의를 통해 화합을 일으켜 사는 이들을 일컫는 소리다.

불통
내 고집 때문이요

불화
내 뜻만 받아주면 탓하지 않으리라는 데 있으며

대가는
도린곁에서 홀로 사는 방목형 독방생활에 있으니

백발머리 무상(無常)을 읊조리다
찬 공기 뼈 속에 닿곤 할 때
허망함에 눈물지며
스스로를 죽여가고 있지 않은가.

선천의 육생시대
모순의 시대로서
빌어서 원하는 바를 구하기도 했었지만

후천의 인생시대
유리알처럼 투명한 시대인지라
빌어서 구할 것은 무엇도 없다.

좌절 뒤에 희망
성공 뒤에 실패
행운 뒤에 고통
상심 뒤에 웃음
눈물 뒤에 기쁨

한결같은
진화발전의 리듬으로서

머물면
멈추는 바라

가장 큰 장애는
한계를 정해놓고
더 낳은 세상을 위해 쓰러뜨리는 신(神)을 없다고 말하는 것이다.

신은 존재한다.
단지, 그대가 바라는 신이 존재하지 않을 따름이다.

내 앞의 너를 통해 행실이 들어나는 것은
너도 신이요 나도 신이기 때문이라

금고아 쓴 손오공이나
인기가 인육을 쓰고 인간으로 살아가는 것이나

모두 고귀한 존자이기 때문이니

춘하추동 사계는
희로애락 생로병사와 다르지 않아
변화와 변동은 성장의 원동력으로 자리한다.

나는 나답게
너는 너답게
우리가 되어 살아가기 위한 하나의 방편으로서

만남은
아쉬운 이들이 이루고

인연은
이로운 이들이 짓는다.

업그레이드 시대는
하늘은 스스로 돕는 자를 돕는 시대라

개벽과 미륵과 재림과 부활은
육생 넘어 인생을 뜻하고

종말과 휴거는
본향으로 회귀를 뜻함이니

자타가 일시에
뜻한 바를 지향 할 때 가능하다.

때는 바야흐로
컴퓨터가 육생의 1안을 담당하자
인터넷이 인생의 2안을 담당하려는 듯

유트브(YouTube)에서 얻은 정보
블로그(blog)에 입장을 표명하고
SNS로 소통하는 데

사람답게 살아가는 정신량 보다
동물처럼 살아가는 육생량으로 가득한 실정이라

일촌광음(一寸光陰)
변화의 물결 읽어 내는 이가 없어
시대정신 운운한들 육생의 안(案)이 전부일 수밖에 없다.

개척한 육생량
해지는 서쪽에서부터 밀려들어 왔듯

창출한 정신량
해 돋는 동쪽에서부터 밀려나가야 하기에

일제강점기와
동족상잔 6.25 치르고

아날로그 시대 중심에
베이비 붐 세대가 서 있었다.

디지털 시대 핵심
에코 붐 세대가 버거워 할수록

운명에 초연한 듯
자기 셈법뿐이니
내가 바뀌지 않으면 바뀔 게 없는 세상의 실체를 모르는 모양이다.

입장에 따라
경우에 따라
내가 만들어 나가야 한다는 사실을 모르지 않을 터인데

새로운 것을 보려는 것도 중요하지만
새롭게 보는 것도 중요하다.

신기원을 열어야 할 세대가
육생 안위에 도끼자루 썩혀버렸으니

미혹되지 않는다는 불혹의 나이에

명퇴에 가슴 조리고

하늘의 뜻을 안다는 지천명에 초래한 양극화 현상으로
환갑을 맞이하여 쟁점화 된 노인문제 이유조차 모른다.

어느 세대에게 부는 바람일까.

보다 더 큰 문제는
희망을 잃어버린 세대가 공무원이 전부마냥 매달리다
헬(Hell) 조선(朝鮮)이 되어버렸다는 것이다.

육생량에만 의지한다면 인공지능 세상은 영혼을 잃어버린 좀비들이 차지할 것이요
정신량 창출에 심혈을 기울인다면 사람 사는 세상이 될 것이라

대화합의 차원상승 인연 맞이 시대를 맞이하여 무엇을 해야 할까.

산 속에서
도(道) 닦았던 시대는
신(神)이 부여한 육생살이 육생시대이고

생활 속에서
덕(德)으로 살아가는 시대는
인(人)이 운용하는 인생살이 인생시대다.

두드려 소리 내는
개성 강한 타악기의 진동이 하나로 어울릴 때
절로 어깨를 들썩이는 것처럼

운용주체 아내가
활동주체 남편의 소리를 귀담아 들을 때

아쉬운 남편은
이로운 아내의 말에 따르게 되므로

행의 현장 사회에서 활동의 입지가 굳어져
위상은 날로 높아질 것이라

아쉬운 너의 소리에 흡수 되어야 하는 건
이로운 나의 목소리여야 한다.

생동의 어울림 판
사시사철 시샘하다 지청구나 해댄다면 (지청구: 까닭 없이 남을 탓하고 원망하는 짓)
애절하게 부르는 아리랑의 슬픈 사연을 어찌 알런지…

골목길에 아이들이 사라지고
어른애가 넘쳐나니

대문 열어 인연을 맞이 할 줄이나 아나

마음 열고 지혜를 쓸 줄이나 아나

몸으로 만물의 생동을 느끼고
눈과 귀로 상생의 숨결을 들을 때
입으로 소통의 자유를 만끽할 수 있으리니

그때서나
동방(東邦)에서 나르는 나비가 햇살임을 알 수 있으리라.

오경(五鏡)

뿌리민족의 혼 대서사시
지혜의 어머니
생활의 도



1판 1쇄 인쇄_2021년 11월 20일
1판 1쇄 발행_2021년 11월 30일

지은이_오경
펴낸이_이종엽
펴낸곳_글모아출판
등록_제324-2005-42호

공급처_(주)글로벌콘텐츠출판그룹
대표_홍정표 이사_김미미 편집_하선연 권군오 최한나 문방희 기획·마케팅_김수경 이종훈 홍민지
주소_서울특별시 강동구 풍성로 87-6
전화_02) 488-3280 팩스_02) 488-3281
홈페이지_http://www.gcbook.co.kr
이메일_edit@gcbook.co.kr

값 13,500원
ISBN 978-89-94626-91-8 03810